Première édition dans la collection *lutin poche* : janvier 2002

Loi numéro 49 956 du 16 juillet 1949 sur les publications
destinées à la jeunesse : septembre 1994
Dépôt légal : janvier 2002
Imprimé en France par Pollina à Luçon - N° L85702

Grégoire Solotareff

Un jour, un loup

Histoires d'amis, histoires d'amour

lutin poche de l'école des loisirs
11, rue de Sèvres, Paris 6e

Un jour, un loup, malheureux de vivre seul en haut d'une montagne, se dit qu'il serait peut-être agréable de vivre avec quelqu'un.

Mais pour cela, que fallait-il faire ? Descendre jusqu'au village et dire : « Voilà, je suis un pauvre loup qui aimerait bien un peu de compagnie ? » Impossible : il se ferait chasser ou tuer à l'instant même ! Aller chercher une compagne un peu plus bas dans les collines ? Il savait qu'il n'y avait pas de louve à cent kilomètres à la ronde. Alors que faire ?

Une idée lui vint : il allait se déguiser en homme et chercher une femme. Ce qu'il fit. Avec succès, car, si laid fût-il avec son grand museau, ses poils jusque sous les yeux et ses pattes griffues, il était si intelligent, il faisait tellement rire les jeunes filles qu'il en trouva une très facilement.

Seulement, lorsqu'il s'agit de vivre ensemble, c'est-à-dire de manger à table à la même heure tous les jours, de dormir dans un lit même lorsqu'il faisait trop chaud, de se brosser les dents matin et soir ou de changer d'habits de temps en temps, il ne put le supporter. Il voulut chasser sa femme en lui faisant peur, en faisant semblant de vouloir la manger, etc. Rien n'y fit, il ne parvint pas à la décourager. Alors ce fut lui qui s'en alla.

Mais entre-temps, il s'était habitué à ce qu'on l'aime et dès qu'il fut à nouveau seul, sa femme commença à lui manquer.

Comment choisir alors ? Être libre mais seul au monde ? Ou bien obligé à certaines choses et vivre avec une compagne ?

Il hésita des jours et des jours, des semaines entières ; les mois passèrent et les années aussi.

Finalement, il revint vers sa femme. Elle l'attendait, là, dans sa tanière et quand elle le vit avec son air triste et ses longs poils gris presque blancs jusque sous les yeux, elle se mit à rire et à pleurer à la fois et lui aussi.

Bien entendu, ils restèrent toute leur vie ensemble.

MARIE ET LE LIÈVRE

Marie était une poupée ni plus belle ni plus moche qu'une autre poupée. Et pourtant, personne n'en voulait. Elle passait d'une maison à l'autre sans jamais y rester plus de quelques jours, peut-être quelques semaines, soit au fond d'un coffre à jouets le couvercle fermé, soit abandonnée dans un coin.

Un jour le Père Noël, dans une de ses tournées, la trouve abandonnée au bord d'un champ de neige. Il la ramasse et la jette dans sa hotte par-dessus son épaule en pensant qu'un enfant, certainement, l'accepterait.

Décidément, Marie n'a pas de chance : dans un sursaut du traîneau, la voilà par terre, sur le chemin, en pleine forêt.

Quelques jours plus tard, un pauvre lièvre un peu mendiant, un peu perdu, déjà assez grand mais heureusement encore enfant, passe par là. La trouvant belle, il s'allonge près d'elle, la réchauffe et lui dit tout doucement à l'oreille :

« Eh, poupée aux grands yeux, je voudrais bien que tu te réveilles, que tu me dises ton nom, que je te dise le mien, le mien c'est Adrien. Tu as de grandes oreilles, c'est sûr, mais je les aime bien. »

Alors brusquement Marie se lève ; il suffisait de lui parler pour lui donner la vie et personne, jusqu'à présent, ne l'avait fait. Elle regarde le lièvre et lui donne un baiser sur la joue. Il n'en fallait pas plus – mais c'est beaucoup – pour que le lièvre tombe amoureux.

Quant à Marie, elle l'était dès l'instant même de son réveil.

Plus tard ils se marièrent et eurent dix-sept enfants. Ils vécurent très heureux. Marie se reperdit deux ou trois fois au moins, mais jamais bien longtemps. Chaque fois qu'elle s'égarait, l'un de ses propres enfants la ramenait par la main à la maison.

LE LAPIN CONFORTABLE

Il était une fois une jeune fille lapin qui adorait se reposer. Elle voulait trouver un fiancé et comme toutes les jeunes filles elle le voulait beau, intelligent, grand et gentil. Mais, de plus, elle voulait qu'en toutes circonstances il la laissât se reposer autant qu'elle le désirait.

« Difficile », lui dit sa maman. « Difficile de trouver quelqu'un qui ait toutes ces qualités et qui, en plus, te laisse tranquille ! Il voudra certainement que tu travailles ! À propos… Connais-tu le lapin confortable ? »

« Non », lui répondit sa fille. « Pourquoi l'appelle-t-on comme ça ? »

« Eh bien, parce qu'il ne descend jamais de son hamac. Sais-tu pourquoi ? Parce qu'il a vingt-trois femmes ! Vingt-trois femmes qui travaillent pour lui rendre la vie confortable. Et lui, il dort continuellement. »

« Où habite-t-il ? » demanda la fille.

« Dans un hamac blanc, là-bas, entre deux tilleuls. Mais tu n'as aucune chance, il n'a certainement pas besoin d'une autre femme ! » La jeune fille lapin alla malgré tout voir le lapin confortable et le trouva entouré de ses vingt-trois femmes, bien installé dans son hamac.

« Tu es incroyablement beau », lui dit la jeune lapine, « cela ne m'étonne pas que tu aies toutes ces femmes. Seulement, es-tu sûr qu'elles se rendent vraiment compte de ton incroyable beauté ? »

« Je ne sais pas », lui répondit le lapin confortable. « Monte donc dans le hamac et viens me dire plus près ce que tu penses de moi. »

Toutes les lapines jetèrent à la nouvelle des regards furieux. Elle monta dans le hamac et le lapin confortable dit à toutes ses femmes de partir pour la journée. Ce qu'elles firent en rouspétant assez fort, certaines même plus fort que les autres.

« Toi aussi tu es belle », lui dit le lapin. « Veux-tu m'épouser ? »

« À condition que tu chasses tes vingt-trois femmes, sinon je ne pourrai m'occuper de toi qu'une heure par jour puisque nous serons vingt-quatre à te servir. »

« Tu es non seulement belle, mais en plus très intelligente », lui dit le lapin confortable qui, lui, ne l'était pas autant. « Tu as gagné, je t'épouserai et chasserai toutes mes femmes. »

Ainsi dit, ainsi fait, la jeune lapine épousa le lapin confortable. Elle eut donc une vie assez tranquille puisque son mari, couché dans son hamac du matin au soir, passait tout son temps à dormir. La maman de la jeune lapine lui demanda pourquoi elle avait voulu épouser ce lapin qui dormait toute la journée. « Je ne sais pas », lui répondit-elle. « J'ai toujours rêvé d'épouser un lapin beau, grand et gentil. » Et elle se rendormit en face de son mari qui ne s'était même pas réveillé pour faire coucou à sa belle-mère.

LE PAPA LOUP

Il n'y a pas, dans la vie, que l'amour entre homme et femme, il y a par exemple l'amour d'un père pour son fils, pour sa fille, d'une fille pour sa mère, d'une mère pour ses enfants, etc., c'est autre chose mais c'est aussi de l'amour, tout le monde le sait.

Il y avait une fois un tout jeune lapin qui s'était perdu dans la forêt. Cela arrive souvent mais en général les parents s'en aperçoivent rapidement ; ils le cherchent et finissent par le retrouver. Sauf si, entre-temps, le jeune lapin un peu affolé court dans une direction qui n'est pas la bonne.

Cette fois, le jeune lapin ne courut pas dans le mauvais sens mais il croisa la route d'un gardien de la forêt, un loup gris d'un certain âge sur lequel on racontait de drôles d'histoires et qui rentrait d'une tournée.

« T'es-tu perdu ou t'es-tu sauvé ? » demanda le vieux gardien vêtu de jaune dont on distinguait nettement les yeux clairs dans le bleu de la nuit.

« Perdu… perdu… » bredouilla le petit lapin. « Voilà des heures que je cours, je suis très fatigué. S'il vous plaît, ne me mangez pas ! » supplia-t-il.

« Je ne mange pas les lapins », dit le loup, « sauf s'ils sont très vilains. Mais tu n'as pas l'air si vilain que ça. Grimpe sur mon dos, nous allons bien retrouver la trace de tes parents. »

Le lapin grimpa en toute confiance et s'endormit aussitôt comme s'il avait été sur le dos de son papa.

Alors le loup, qui en fait ne savait pas encore s'il allait manger ou non le lapin, se souvint que lorsqu'il était petit, lui aussi grimpait sur le dos de son père et s'endormait pendant que son Papa Loup marchait, et c'était un souvenir si agréable, si doux, qu'il décida – à présent il en était certain – que ce lapin-là, il ne le mangerait pas.

Et puis, au petit matin, ils retrouvèrent la trace des parents du lapin. Alors le loup le déposa à terre, lui dit de s'en aller et lui fit promettre de revenir un jour, plus tard, mais seulement s'il en avait envie.

ALBERT ET LA GRIVE

C'était au creux de l'hiver, sur un chemin de campagne que recouvrait la première neige. La nuit tombait et l'on sait comme elle tombe vite à cette époque de l'année : elle tombe à l'heure exacte du goûter.

Mais de goûter, justement, Albert Petitpot l'écureuil n'en avait pas, pas plus d'ailleurs que de déjeuner ou de dîner. Rien, mais rien du tout à se mettre sous la dent ! Ni une vieille noix, ni un pignon desséché. Albert avait froid dans son petit manteau (en fait, un simple imperméable), il marchait le long de ce chemin depuis une heure, et n'avait toujours rencontré personne, ni même vu aucune trace sur la neige. Tout le monde devait être au chaud devant une cheminée avec des biscuits et du miel, des brioches et de la confiture. Tout le monde ? Non, pas tout le monde. Un autre petit personnage, pas beaucoup plus chanceux qu'Albert, une petite grive maigrelette, regardait le petit écureuil du haut d'une branche qui surplombait le chemin.

« Eh, l'écureuil ! T'as pas froid, comme ça, avec ton petit manteau de rien du tout ? »

« Si, j'ai froid ! Mais je préfère encore avoir un petit manteau de rien du tout que pas de manteau du tout, comme toi. Tu veux qu'on le partage ? »

« Oh, tu sais, j'ai des plumes qui me tiennent assez chaud. Merci, en tout cas ! »

« Tu as chaud en ce moment ? » demanda l'écureuil.

« Eh bien… non… pas vraiment. » La grive était bien obligée de l'avouer. « Écoute », dit-elle, « tu ne veux pas grimper cinq minutes, on se réchaufferait tous les deux, tu te mettrais tout près de moi et moi tout près de toi, on aurait beaucoup plus chaud ensemble ! »

L'écureuil accepta. Il grimpa à côté de l'oiseau et ils restèrent blottis l'un contre l'autre en attendant qu'une chose agréable leur arrive.

Il neigea toute la nuit. Et puis évidemment, au bout d'un moment cette chose agréable arriva. C'était un bon petit soleil qui se levait et qui se mit à les réchauffer comme s'il s'était levé exprès pour ça. Alors, ils se dirent qu'ils pouvaient maintenant se séparer, qu'ils avaient assez chaud et puis ils se demandèrent pourquoi ne pas rester l'un contre l'autre, après tout ? La grive se mit à chanter et puis ils se mirent à construire un nid dans le tronc de l'arbre juste derrière eux. Ils l'habitèrent pendant de longues années, et furent parfaitement heureux même si, malheureusement, ils n'eurent pas d'enfant. Mais on ne peut pas tout avoir.

UN LAPIN DANS LA VILLE

Un lapin se perdit un jour dans une rue d'une grande ville de France, on ne sait plus laquelle, peut-être Paris ou Bordeaux ; en tout cas, ce n'était pas un village. Tout le monde sait bien qu'en ville, il est difficile d'éviter les voitures et les gens malintentionnés, surtout pour un lapin. Toujours est-il que ce lapin – qui s'était enfui d'une cage où on l'avait enfermé sans raison et qui s'était habitué à la ville – arrivait sans trop de mal à se débrouiller pour manger, s'amuser un peu et dormir tranquille. Et puis, un matin, il passa devant une affiche représentant une lapine électrique, en peluche rose et blanche. Il en tomba fou amoureux.

Amoureux au point de ne plus penser qu'à elle (alors que c'était Pâques et qu'il aurait quand même pu penser un petit peu aux enfants – non pas aux siens car il n'en avait pas, mais aux enfants des hommes – qui attendaient tous, à cette période de l'année, que les lapins leur apportent des œufs en chocolat).

Non, ce lapin-là ne pensait plus qu'à cette lapine électrique. Alors, au lieu d'aller et venir comme avant, au lieu de chercher à manger comme d'habitude, il se dirigea vers le quartier des jouets où il aurait peut-être une chance de trouver cette magnifique peluche. En chemin, il ne cessa de penser à ce qu'il ferait avec elle : des voyages, des enfants, ils ouvriraient peut-être une boutique de jouets ou de chocolats, ou de jouets et de chocolats, ce qui serait encore mieux. Ils appelleraient leur magasin : « *Cadeaux et sucreries* ».

Et puis tout d'un coup : « Incroyable ! Quelle joie ! » Là, à trois mètres de lui, s'étalait une devanture de magasin où vingt, trente, cinquante, peut-être cent lapines électriques en peluche rose et blanche le regardaient fixement. Il entra dans le magasin, grimpa dans la vitrine – personne ne le vit parmi toutes ces lapines –, choisit une des peluches avec beaucoup de soin. Il trouva qu'elle ressemblait quand même incroyablement aux autres, la prit dans ses bras et s'en alla en sautillant vers sa petite chambre, le cœur battant.

« Finalement », se dit-il, « quelle chance de vivre dans cette ville ! Jamais, à la campagne, je n'aurais pu trouver une lapine comme celle-là ! Elle ne sait pas parler ? Aucune importance ! Demain, j'irai voir le magicien qui lui donnera la vie et moi je l'appellerai Mélanie Praline. »

Il y avait deux jumeaux, Fafa et Rémy Mozarella, deux souris blanches italiennes qui ne se quittaient jamais. Ils vivaient au bord de la mer et rêvaient depuis longtemps de la traverser sans même savoir son nom. Ils ne savaient d'ailleurs pas non plus si c'était une mer ou un océan. Tout ce qu'ils voulaient, c'était aller voir *de l'autre côté*.

Ils construisirent un bateau, achetèrent des provisions et un jour de beau temps, ils partirent à l'aventure. Mais tout d'un coup le temps changea et après quelques bonnes heures de pluie, ils se retrouvèrent en pleine nuit et en pleine mer entourés de vagues gigantesques, des vagues comme des collines, mais évidemment beaucoup plus inquiétantes que des collines (bien que quelquefois, la nuit, les collines soient inquiétantes aussi…).

Fort heureusement, aucune de ces vagues n'entra dans le bateau et finalement, ils naviguèrent pendant quelques jours en ayant très peur, mais sans accident. Pour tromper leur peur, ils mangeaient leurs provisions. Et, comme ils avaient souvent peur, ils mangeaient souvent. Et comme ils mangeaient souvent, il n'y eut bientôt plus de provisions.

Enfin, la chance leur sourit. Cela faisait longtemps qu'ils n'en avaient pas eu, et c'était bien leur tour à présent. Fafa aperçut la terre et Rémy dirigea le bateau de telle sorte qu'ils l'atteignirent très rapidement.

Là, ils eurent une grande surprise : l'autre côté était exactement comme le leur, les mêmes rochers, les mêmes maisons, les mêmes gens (le même épicier, le même vendeur de glaces), les mêmes plantes !

« Finalement », se dirent-ils, « à quoi cela sert-il de voyager si c'est partout pareil ? »

Ils décidèrent de s'installer là. À aucun moment ils ne comprirent qu'ils étaient revenus chez eux. Ils racontèrent à tous leurs nouveaux amis – qui étaient les mêmes que les anciens – qu'ils avaient fait la Grande Traversée et qu'un jour, quand ils en auraient envie, ils la feraient dans l'autre sens pour rentrer chez eux.

Ce sera alors sans doute exactement la même histoire.

LE LAPIN RÊVEUR

Près d'une grande forêt où il aimait se promener, vivait un lapin qui rêvait tout le temps. Il rêvait le matin, les yeux encore fermés et le soir, les yeux encore ouverts. Il rêvait qu'il avait plein d'amis et qu'il avait une femme. Chaque nuit, chaque jour, il faisait ce rêve-là : il était marié. Or, en réalité, personne ne voulait de lui. Il était seul, vraiment tout seul !

Pourquoi ? On ne le sait pas très bien. Peut-être, sans doute, avait-il mauvais caractère.

Au fond de la forêt se trouvait une lapine appelée Justine qui cherchait aussi à se marier. Un jour, elle partit de chez elle et voulut marcher jusqu'à ce qu'elle rencontre quelqu'un sur sa route. Elle tomba sur le lapin rêveur. Elle le vit là, appuyé contre un rocher, les yeux grands ouverts, mais endormi. D'abord elle crut que c'était un âne, de loin, à cause de ses oreilles, et puis non, c'était lui, le lapin rêveur. Un vent léger et les doux rayons du soleil lui caressaient la nuque. Justine s'allongea et s'endormit à côté de lui avec un galet très doux comme oreiller. Quand il se réveilla, il fut très étonné de la trouver là. Il croyait qu'il était encore dans son rêve. Il ferma les yeux, les rouvrit aussitôt et s'aperçut que ce n'était pas un rêve. Il voulut aussitôt l'épouser.

Quand elle se réveilla à son tour, elle fut évidemment tout de suite d'accord, elle aussi, pour se marier.

À partir de cet instant, le lapin rêveur ne pensa plus qu'à elle. Mais il ne cessa pas, malgré tout, de rêver et faisait toujours le même rêve : il avait une femme. Seulement, à présent, lorsqu'il se réveillait, comme il était content de voir que c'était vrai !

Quelquefois, les rêves se réalisent.

Ils se marièrent donc et eurent vingt-trois enfants. C'est un peu trop. Mais sans doute pas pour les lapins.

UNE PETITE DANSE

Il y avait une petite fille, appelée Lisa, qui, chaque soir, en rentrant de l'école, passait devant un grand bois en se disant : « Pourvu qu'un jour je ne sois pas surprise par la nuit en passant à la lisière de ce bois, je suis sûre qu'il m'arriverait quelque chose…! » Et justement, un jour, en arrivant à la hauteur de ce bois, elle entendit un gémissement. Elle s'arrêta et… tout d'un coup surgit de l'obscurité un personnage tout rouge, moitié ours et moité monstre, qui lui dit :

« Mademoiselle, voilà des semaines et des mois que je vous vois passer sur ce chemin… vous êtes si jolie… je pense sans cesse à vous. Je ne veux surtout pas vous faire de mal. Je ne rêve qu'à une chose : danser une fois avec vous. Une seule fois. Ensuite, je vous laisserai rentrer chez vous et vous n'entendrez plus jamais parler de moi. »

« Impossible ! » dit Lisa. « Ma mère m'a interdit de parler à quelqu'un que je ne connais pas. Alors danser, vous pensez ! Impossible ! Je suis désolée. » Et elle passa son chemin.

« Une simple danse… » gémit le monstre, « rien qu'une petite danse… » Mais Lisa était déjà loin.

Le lendemain, ayant prévenu son frère de la présence du monstre, elle fut accompagnée à l'aller et au retour de l'école. Les jours passèrent sans qu'elle vît personne au passage du bois. À tel point qu'elle pensa même que cela avait été un rêve.

L'année suivante, à la même saison, alors qu'elle était à nouveau seule sur la route, le monstre rouge réapparut.

« Une simple danse… » entendit-elle juste à côté d'elle. « C'est le plus beau rêve de ma vie. »

C'était dit avec une telle gentillesse que Lisa n'eut pas peur. Elle s'arrêta, hésita, puis accepta. Alors ils firent tous les deux une ronde, une ronde à deux mais une ronde quand même et le monstre rouge fut un moment le plus heureux des monstres. Une petite musique sortit d'une boîte de cuir qu'il avait accrochée en bandoulière. Lisa, d'abord un peu sur ses gardes, se mit finalement à danser de bon cœur. La ronde finie, le monstre la remercia, lui offrit sa boîte à musique et disparut au fond des bois. Jamais il ne reparut. Le plus curieux est que Lisa ne retrouva jamais la petite boîte à musique qu'elle était sûre, pourtant, d'avoir bien rangée parmi ses jouets.

LA RENARDE SANS RENARD

Une renarde vivait sans renard depuis quelque temps. Elle errait du matin au soir dans les bois, à la lisière des forêts, reniflant çà et là le long des chemins.

Elle s'ennuyait beaucoup. Jusqu'au jour où elle rencontra le plus beau, le plus séduisant, le plus charmant des lièvres. Un long corps gracieux, un regard doux, une voix calme et basse, oui, il avait toutes ces qualités-là. Lorsqu'elle le vit au détour d'un chemin, il était assis sur un arbre couché et contemplait ses chaussures. Elle le regarda un moment et lui demanda :

« Es-tu seul, toi aussi, dans la vie ? »

« Oui et non, ça dépend », lui répondit le lièvre.

« Je cherche un ami pour parler », lui dit la renarde, « je m'ennuie. »

« Comment trouves-tu mes chaussures ? » demanda le lièvre. « Elles sont toutes neuves. »

« Très belles. Je peux m'asseoir ? »

« Si tu veux », dit le lièvre. « Je cherche un beau chapeau pour la pluie ou une casquette pour la neige. Sais-tu où je pourrais en trouver ? »

« Pas la moindre idée. Moi, je porte toujours les mêmes habits », répondit la renarde. « Lorsqu'ils sont sales, je n'en mets pas pendant un moment, c'est tout. Dis-moi : comment fais-tu avec tes oreilles pour les casquettes ? »

« Tu sais bien que les casquettes d'animaux ont toujours des trous pour les oreilles », dit le lièvre.

« Ah oui, c'est vrai », dit la renarde.

C'était l'automne. Dans la soirée on entendit au loin des coups de fusil et des aboiements de chiens. Ils prirent rapidement un sentier abrité.

L'hiver venu, ils habitèrent ensemble. Ils creusèrent sous un arbre une sorte de terrier pas très grand, mais suffisant, et le plus drôle de l'histoire est que dans ce terrier, le placard à vêtements du lièvre était beaucoup plus grand que celui de la renarde. Ceci occasionna quelquefois des disputes, mais sans importance. Ils s'entendirent quand même assez bien pendant toute leur vie.

DORÉMIDO

Dorémido… dorémido…

« Vois-tu », dit le jeune professeur de violon à son élève, « si tu ne pinces pas bien les cordes avec tes doigts, les notes ne sonneront jamais comme il faut. Eh ! N'appuie pas sur ton archet comme ça, tu n'es pas en train de scier du bois, voyons ! »

Le jeune professeur était un lapin à peine plus âgé que son élève mais beaucoup plus savant en musique. À huit ans et demi, il pouvait donner des leçons à Bella qui en avait au moins sept. Tous les après-midi, il venait chez elle, prenait une tasse de thé avec quelques biscuits et tout de suite après, commençait sa leçon, qui durait au moins une heure-lapin (ce qui ne fait pour nous que douze minutes, mais qui est quand même assez long).

Ça ne marchait pas bien pour Bella, elle avait du mal à pincer assez fort ses cordes d'un côté et jouer légèrement de son archet de l'autre. Si bien qu'un jour le jeune professeur voulut lui montrer comment il fallait faire. Lorsqu'il s'installa auprès d'elle et joua à sa place pendant qu'elle pinçait ses cordes, il fut tellement près d'elle qu'elle ne put éviter d'en tomber amoureuse. Il jouait tellement bien, il était si proche, leurs joues se touchaient si souvent, voilà pourquoi il lui fut impossible de faire autrement. Il faut dire aussi qu'ils se connaissaient bien, ils étaient dans la même classe et ils avaient même passé leurs dernières vacances ensemble (avec leurs parents) au bord d'un étang.

Ils ne dirent rien à personne et continuèrent à faire de la musique ensemble pendant des années et puis un jour, dix ou vingt ans plus tard, ils se marièrent pour toujours.

Une fois mariée, Bella abandonna le violon. Elle n'avait jamais réussi à en jouer vraiment bien. Elle fit tout à fait autre chose, de la peinture, mais sans professeur, car pour peindre, ça ne sert à rien d'avoir un prof, disait son mari.

PARTIR

Lulu était un lemming, c'est-à-dire une sorte de petite souris jaune et marron qui vit dans le Nord et qui a l'habitude de descendre plus au sud lorsqu'il fait trop froid. Lulu était un lemming, certes, mais un lemming pas tout à fait comme les autres : il était tombé amoureux d'une simple souris, un peu jaune elle aussi : Maggie. Il faut dire une chose : lorsque les lemmings décident de partir, tout le monde doit suivre ; personne ne doit rester derrière. C'est ainsi. Or les souris, elles, ne suivent pas les lemmings ! On imagine alors ce qui a pu se passer dans la tête des deux animaux : ils allaient devoir se séparer, et peut-être pour toujours ! « Impossible », pensa Lulu. « Insupportable », dit Maggie.

Alors ils décidèrent de ne pas se séparer. Et lorsque tout le peuple lemming partirait, eh bien lui, Lulu, se cacherait.

Le jour du grand départ, tout se passa comme prévu. Lulu sortit de sa cachette bien après le départ du dernier lemming. Mais ce que ni Lulu, ni Maggie n'avaient prévu, c'est qu'un terrible sentiment de solitude allait s'emparer du petit lemming. À peine séparé des siens et malgré la présence de Maggie, il se sentit abandonné et se mit à crier vers l'horizon :

« Maman ! Papa ! Ne m'oubliez pas ! Revenez vite ! Je vous attends ! »

Mais les lemmings avaient déjà disparu au loin. Ils nageaient, nageaient vers le sud le plus vite qu'ils pouvaient car l'eau, déjà, était glacée. Maggie se mit à pleurer : elle était triste que Lulu se sentît seul, mais il n'y a rien à faire, quelquefois on se sent seul, même si on ne l'est pas vraiment.

Et puis Lulu se dit qu'il était grand, à présent, assez grand pour décider de grandes choses et il sécha ses larmes. Oui, il aurait sans doute un petit peu froid. Bon ! Eh bien, il se blottirait contre Maggie ! Oui, les gâteaux de sa maman lui manqueraient. Bon ! Eh bien, peut-être maintenant était-il capable de les faire lui-même ! En fait Lulu avait vraiment grandi, et il pouvait décider lui-même de sa vie.

Et il ne regretta pas sa décision, car lorsque sa famille revint au printemps suivant, Maggie et lui étaient mariés, ils avaient une maison remplie de petits lemmings-souris et tout allait bien, oui, vraiment, tout allait très bien.